Une cité

Éric Battut

éditions l'Édune

La montagne s'est apaisée :
des hommes s'y sont installés pour cueillir et chasser.

Ils ont cultivé les pommiers et le blé,
mais il y a eu les premières batailles, les premières guerres.

Il y avait dans une boîte un jeu de construction,
avec temple, dinosaures, châteaux, cathédrale, maisons.